我们丛书

壮族作家作品系列

荣斌
·诗集

尘土之河

Chentu Zhi He

Gvangjsih Minzcuz Cuzbanjse
广西民族出版社

图书在版编目（CIP）数据

尘土之河／荣斌著. —南宁：广西民族出版社，
2019.12（2023.5重印）
（我们丛书．壮族作家作品系列）
ISBN 978-7-5363-7344-0

Ⅰ.①尘… Ⅱ.①荣… Ⅲ.①诗集－中国－当代
Ⅳ.①I227

中国版本图书馆CIP数据核字（2019）第270040号

我们丛书·壮族作家作品系列

尘土之河

著　　者：荣　斌
出版策划：石朝雄
责任编辑：张惠琼
装帧设计：张文昕
责任校对：蓝雪玲
责任印制：梁海彪　张东杰
出版发行：广西民族出版社
　　　　　地址：广西南宁市青秀区桂春路3号　　邮编：530028
　　　　　电话：0771-5523216　　　　　传真：0771-5523225
　　　　　电子邮箱：bws@gxmzbook.com
印　　刷：三河市嵩川印刷有限公司
规　　格：787毫米×1092毫米　1/32
印　　张：5.375
字　　数：100千字
版　　次：2019年12月第1版
印　　次：2023年5月第2次印刷
书　　号：ISBN 978-7-5363-7344-0
定　　价：49.00元

总　序

黄凤显

　　壮族是世居珠江流域的少数民族，现今人口 1700 多万，是我国人口最多的少数民族。壮族历史悠久，曾经创造了灿烂的文化，是中华民族文明的重要组成部分。这个在祖国南方世代生息繁衍的民族，与中华民族的其他成员一样，在千百年的历史进程中，创作了大量内容丰富、形式多样、特色鲜明的文学佳作。

　　提到壮族文学，首先让人想到的是其民间文学。壮族的神话传说、民间故事、山歌、壮剧、师公戏等，皆广为人知。

而壮族山歌尤为著名，三月三歌节、壮乡歌圩被誉为壮族山歌的荟萃和渊薮。不过，相对于民间文学，壮族的作家文学，人们对它的了解和关注还很不够。

作家文学的产生是与文字的产生联系在一起的。壮族在先秦时就已经有自己的文字。2006 年前后，在广西平果县发现的感桑石刻文，以及在壮族地区先后出土的石器、陶器、青铜器上的刻文、铭文等，就是壮族的早期文字。这些产生于先秦时期的壮族古文字，经秦王朝统一文字或秦火之后，汉代以降已再难延续。现今发现的感桑石刻文等，由于缺乏文献佐证，已较难破译。但是，感桑石刻文中有不少片段在 100 字左右，已比我们常见的甲骨卜辞字数多，其较大的石片刻有 200 多个字符，据称还有一片达到 2200 字，这都赶上甚至超过了西周青铜器铭文的字数（西周青铜器铭文中最长的一篇《毛公鼎铭文》近 500 字）。这么多的字数和这样的篇幅，无疑已是篇章成文。尽管它尚未被破译，且可能是用于祭祀或属于实用文书，但其连缀成篇，中无间断，亦不难想见其架构气魄和辞章文采。所以，感桑石刻这些作者和内容待考的文字，堪称现今发现的最早的壮族文人作品。

壮族创造的第二种文字是方块壮字，亦称古壮字，也叫土俗字，萌芽于汉代，产生于唐代，是由壮族一些受汉文化教育的文人（也包括巫师）借助汉字或汉字的偏旁部首创造的。古壮字直到现在仍在壮族民间使用。1989 年出版的《古壮字字典》收录了大约 4900 个字和大约 1 万个异体字。使用古壮字进行创作，滥觞于唐代俚僚人酋长、澄州（今广西上林县）大首领、廖州刺史韦敬办。由他撰写碑文的《六合坚固大宅颂》碑和《智城碑》，是岭南地区最早的唐碑，其骈赋体碑文富于文学色彩，其中《六合坚固大宅颂》则使用了古壮字创作。自唐代以后，古壮字多为民间麽公、民间戏人和山歌歌师所用，他们用古壮字书写的原始宗教经文、壮剧剧本和山歌唱本既有对口头传唱作品的记录，也有自己的书面创作。

在 20 世纪 50 年代拼音壮文出现以前，壮族作家、诗人主要是学习和使用汉文进行创作。目前，存世的这类壮族文人作品多为清代时所作，作者大多是中举、中进士者，其汉文水平足可与汉族文人比肩。这些文人在世时基本上都编有文集或诗稿，20 世纪 90 年代以来，经广西少数民族古籍工作办公室组织力量进行整理，广西人民出版社、广西民族出版社、广西教育出版社等先后出版了多位作家的诗文集，如黎申产《菜根草堂吟稿》、蒙泉镜《亦嚣轩诗稿》、韦绣孟《茹芝山房吟草》、崔毓荃《薰生诗草》、郑献甫《郑献甫文集》、韦丰华《韦丰华集》、曾鸿燊《瓶山诗集》等，而其他壮族著名文人的集子，如张鹏展、冯敏昌、刘定逌等还有待于整理出版。这批诗文集可以说是第一批整理出版的古代壮族作家作品集。

近现代以来，运用汉文创作的壮族作家队伍越来越壮大，其题材内容越来越丰富，创作的体裁也越来越多样，涉及了众多的文学样式。新中国成立前，以曾平澜、陆地、华山等为代表的壮族作家就已蜚声文坛。新中国成立后，壮族作家更是群星璀璨。韦其麟、周民震、黄勇刹、蓝鸿恩、莎红、黄青、王云高、苏方学、韦一凡、凌渡、黄钲、潘荣才、孙步康、农冠品、苏长仙、陈雨帆、农耘等，都是人们所熟知的壮族作家。这些作家的作品都曾先后以单部作品或结集的形式出版，在海内外产生了重要的影响。

2013年，在中国作家协会的精心策划、组织下，55卷60册的《新时期中国少数民族文学作品选集》由作家出版社出版。这部卷帙浩繁的选集收有冯艺主编的《壮族卷》上、下册，收录了数十位壮族作家的作品，上册为中短篇小说集，下册为诗歌、散文集。上册文末附录长篇小说存目，下册卷后附录长诗、长篇报告文学存目。这是迄今为止编辑出版的唯一的多位作家、多种文体荟萃的壮族作家作品选集。

2018年是改革开放40周年，恰逢广西壮族自治区成立60周年，今年又正值新中国成立70周年大庆，这是展示、回顾、总结和检阅壮族作家创作，尤其是新时期以来壮族文学成就的良好契机。广西民族出版社出于自身的出版定位和社会责任，组织力量、自主投入，编辑出版这套"我们丛书·壮族作家作品系列"。

这套丛书共11册，收录了11位壮族作家的小说、散文和诗歌作品。入选的这11位中青年作家，都是新时期在文坛上活跃的壮族文学创作翘楚。丛书为每位作家单独编辑了作品选集，小说类有凡一平《合唱团》、李约热《一团金子》、陶丽群《被热情毁掉的人》，散文类有冯艺《除了山水 还有什么》、牙韩彰《屈指家山》、石一宁《履痕心绪》、黄佩华《生在平用》、黄鹏《家园气象》，诗歌类有荣斌《尘土之河》、梁洪《一个饺子的距离》、三个A《魔术师》。看这份名单和书单，不难发现两个特点：一是作家的选集属于"本色行当",如以创作小说、散文、诗歌著称的作家仍选其小说、散文、诗歌作品,像小说作家凡一平、李约热、陶丽群选的是小说,散文作家冯艺、牙韩彰选的是散文,诗人荣斌、梁洪选的是诗歌。二是作家的选集似乎有所"跨界",如在小说创作上实力雄厚的黄佩华,选的却是散文,著名文学评论家石一宁和诗人黄鹏,选的也是散文。这种看似"跨界"的努力,实则是跨越,代表了他们在文学创作领域的新开拓。如黄佩华,近年在潜心于小说写作、不断推出新作之余,陆续发表了一系列抒写壮族和壮乡的散文佳作,颇受读者喜爱;石一宁在对当代创作进行较全面系统的点评的同时,用散文笔调记下自己的履痕心绪和寄情哲思;平素写诗的黄鹏,其散文作品则灌注了浓郁的诗情画意。

丛书作品的选取,既考虑到作家的代表作,也充分考虑到作家的成长历程,让读者从中了解到作家创作渐入佳境及其风格形成的经过,尤其是认识和理解一个壮族作家是如何扎根于壮族文化沃土,参照壮语(母语)的表达方式,运用汉语进行文学创作的艰辛探索之路。因此,阅读这些作品,我们可以看出:凡一平小说那壮族式的机智、幽默及其传奇性是如何形成的,冯艺散文那种文化底蕴和人文关怀是如何集聚的,李约热小说的那种怪诞和黑色幽默是怎么炼成的,陶丽群是什么时候开始关注边陲小镇的小人物及其人性的扭曲与张扬的,荣斌的诗歌是如何贴近时代语境、抒写当代人真实灵魂的,牙韩彰是如何从惯常的写实手法转换为一种游刃有余的抒情的,三个A是怎么从一个年轻的壮族小伙子成为诗坛新锐的,等等,不一而足。还是回到编辑这套丛书的初衷，那就是对当下壮族文学创作和壮族作家的成长进行展示、回顾和检阅。

既如此，丛书所选的作品就并非全是作家们的新作、近作。有些作品需要置于其创作和发表时的时代语境下解读。正如凡一平在《合唱团》后记中说的："这部集子其实是那个年代青年彷徨、思索和奋斗的记录。这些作品所体现的对社会的认识、对生活的体悟、对人生的思考，甚至文本和话语等，自然就带上了那个年代的印记。"这应该作为阅读这套丛书作品的一个基本思路。

在选编这套丛书的过程中，出版社编辑和作者进行了多方沟通和协商。对于入选作品，编辑只对明显的舛误订正，原则上不做另外的加工修改，以尽可能保留作品的原貌。不过，编辑壮族作家作品系列丛书，对广西民族出版社来说是一个新的尝试，疏漏或缺点在所难免。我们在衷心祝愿壮族作家不断取得更加丰硕的创作成果的同时，也诚恳希望作家和读者给我们多提出宝贵的意见，使我们的编辑出版工作得到改进和提高。

2019 年 10 月

卸下伪装　向后飞翔

林　莽

　　我借用诗人荣斌两首诗的题目作为这篇短文的标题，在我的阅读体会里，我以为这两首诗的题目正契合荣斌诗歌表达中很重要的部分。

　　"我想放弃面具，卸下伪装／把生命还原成血浆一样的颜色"，因为生活的种种困境，因为内心良知与现实的冲突，如何回归人的本色，不再戴着伪装的面具生活，成为现代生活中的人们需要面对的一个十分现实而又难以解决的问题。于是，诗人荣斌用直觉告诉我们，为了不"迷失在别人的城市"，为了"明朗如初"，"我想用云朵裁剪一件温暖的衣服/裹在身上，回归故乡"。故乡，人的最原初精神的所在地，当我们沮丧和无望时最先想到的地方。一个最想回归的地方，即使裹上用云朵裁剪的衣服，但依旧是虚幻的。于是，我们这些"被信仰抛弃了的圣徒"，这些"被假象囚禁在虚设的幸福里"的人们，"目睹盲鸽的翅膀撞碎城墙"，面对"悬空的命运对一切危险和不幸/置若罔闻，完全无视"，我们"只想一意孤行，向后飞翔"。

诗人以直觉面对生活与命运，也许他不具备清晰的分析式的表达，但他告诉我们：盲从者会失败。这是我们无法回避的现实。

在这本诗集中，我读到荣斌诗歌中有一些作品是具有超现实主义风格的，它们从现实中演化而来，在语言文字和意象选择上有着超现实的意味。他的诗歌语言现代而清晰，情感在幻想中延伸，意象在多重叠加中构成了对复杂世界的再认识和对自我的再审视。如他的诗《献给托马斯》《写给我的死亡纪念日——同题 W.S. 默温》《先知》《卸下伪装》《向后飞翔》等就是这样的作品。

读荣斌的诗歌，也有一些诗是思辨式或生活日常化与口语化的。这些诗歌同样具有对生命、生活独特的思考和自我感知。如《诗人无尘》一诗中，他描写的诗人无尘——一个在生意上和生活中受挫的人，虽然现实中是溃败的，但精神上依旧有着坚定的自我要求。他告诉人们，一个知识分子一定要"推崇先锋精神/标榜贵族气质"，不能"老是躺在/诗歌的破床上做梦"。也如荣斌所说的，还是要向往《明天》：

明天一切都会安好，一切都将还原成
最初的模样
明天这城市将被绿色植被和童话占领
……
明天，我会在废墟上
搭建一个有烟火的家，它不是归宿
但是可以收留
许多诗人，病号，以及酒鬼
……
我的歌声像风一样轻微，像夜莺一样
掠过黑夜的河畔
……
我点燃的诗歌被埋在冬天的早晨
它焚烧着，不会熄灭

　　我所读到的荣斌的诗歌，已经不再是一般化的、简单的、概念化的书写，他对诗歌有自己更高的要求，他在诗中对现实与心灵的反思，时常引发我们进一步的思考。

　　2019年1月，荣斌的诗集《在人间》的分享会在他的家乡举办，我因故不能参加，写了一封简短的贺信，引用如下：

　　欣闻荣斌诗集《在人间》分享会在来宾举办，首先预祝活动圆满成功，并向荣斌表示由衷的祝贺。
　　诗人荣斌追求诗歌艺术多年，在新诗写作上获得了诗坛的广泛赞誉，同时也在社会生活方面取得了令人瞩目的成就。
　　我认为，诗人首先是一个生活中的人，然后才是一个诗人。

荣斌就是这样一位不以诗人自居，不急功近利，认认真真生活，在履行好社会职责的同时又潜心于自己的诗歌写作的人。

诗歌不是世界观和方法论，不是理性，不是知识，不是宗教，它是生命之火的源头。内心的至高境界，生命的朗月清风，它就在我们的心中，在我们生命深处真实地存在着。面对这个庞杂的世界，面对许许多多因欲望而变得面目全非的事物，诗歌会拂去心灵的伤痕，让世界变得更加纯粹。

通过诗人荣斌的诗，我们看到了生命中的净土，听到了来自内心的声音，越过青铜锈蚀的岁月，我们感知了灵魂中隐秘的钟声。

我们生活在一个崇尚诗歌的国度，我们是幸运的，它让我们的生活有了不同凡响的地方，它让我们拥有了与现实世界息息相关的另一个艺术的世界。

再次祝贺荣斌诗歌分享会的成功，谢谢诗歌为我们带来的生命之光和心灵的洗礼。

我在这封贺信中重点讲到了诗人荣斌是在社会生活方面取得了令人瞩目的成就的人，是在履行好社会职责的同时又潜心于自己的诗歌写作的人。他首先是一个在现实生活中活生生的人，然后才是一个诗人。这就决定了荣斌的诗歌不会无病呻吟，不会为了写诗而写诗，不会装腔作势、空泛而虚无。因而他的诗中有生活，有生命，有体验，有思考，有灵魂，有境界。他的诗会与有共同经验的人产生必然的共鸣。

在此，祝贺诗人荣斌又一本诗集出版，也预祝他写出更多的好诗。

2019 年 10 月 23 日

荣斌

·诗集·················

目　录

第一辑

挑衅

1988—1998

天　使

——题记：1991年春，流浪海南，身无分文，断食数日，粒米未进。连续一周，青椰果腹，人已恍惚，幻觉丛生。挨过八日，码头打工，得以解困，遂写此诗，谨以铭记。

晚祷的旧钟声从饥饿的夜里传来
天使，你坐在正前方
端详这个歉收的秋天
带我回家吧！早已疲倦的面容
像海水一样汹涌的归意
天使，我想披上御寒的金属回家

我的瓦房曾经安静地耸立于
你的股掌之中
鲜美的鱼群从朴素的地板游过
黑色雨水淋湿了垂危的灯光
潮汐从来没有这样舒缓和安静

尘世晦涩的门阻止我沉重的步履
在苦难的台阶上
诗歌扶起了残烛般的余生
可我仍然希望
能够遇见星光
哪怕它是照亮我殉难的旅程

天使！这万劫不复的刀口，割破了
我隐藏在人类的面目

我离开故乡，走进你周围
长满花朵的陷阱
我欲飞的血液一滴滴凝固
在这个衣冠楚楚的四月里
我的名字被巨大的潮流湮没在水下
带我回家吧天使
当我断绝伤痛和眼泪的时候
我会从孤独的来路投奔天堂

祖国咏叹调

当我投入诗歌的熔炉，化作洪流
我用激情奏响祖国圣乐
我用双臂拥抱我的祖国
伸出十指
轻抚九百六十万平方公里的阳光与春蛰
把长江注入宽广的经脉
把黄河倒进面前的酒杯
把我的爱与痛，铸造成热恋的钢铁
我用这钢铁打造巍峨的家园

祖国，黑夜和黎明不断更替的母腹
博大到诗歌
微小到情人
这片生死的土地上
掩埋着多少曲折的血迹与传颂的风流

我站在你的版图中央

以仰望的姿势阅读千古风月和不朽传说
祖国，你将会在多少年后
为我竖起一块冷峻的墓碑

我奔跑在江河山川、高原平野之间
我穿越在草莽丛生与黄沙遮蔽的语境下
寻找自己粗糙的根系
我从水与火的升华里辨认你朴素的历史
祖国，洪钟大吕下我像一粒游离的音符
光明的劫难中我是第一个走向黑夜的人

祖国
以我的贫穷分担你的贫穷
以我的富饶赞颂你的富饶
以我的命运参与你的命运
以我的幸福积累你的幸福

凝望这沧桑的土地，我的视野超越一切注释
我的生命永远依偎于你的胸怀
我活跃在你黄土镶嵌的背景中
也沉寂在你宣言弥漫的阡陌上
我的责备孕育着更多忠诚
我的怨艾包含着无限苦恋
闭上眼睛，感受你浩荡的车轮与时间的震动
祖国，我从你的潮汐下认清这个时代的去向

现在我把我的卑劣抛出

现在你们所看到的荣斌形同一盘散沙
现在你们所看到的
是卑劣者荣斌
手持鲁莽的水枪
在你们自认为庄严的节日里败坏情绪

现在你们所景仰的诗歌
像被我抛弃的少女从后半夜离家出走
她喜欢表演现场直播
她喜欢在流行的病态中
欣赏爱情被亵渎的盛况

现在我坐在这间充满堕落气息的酒吧
把自己装扮成一个正人君子
我慢慢品味你们孤独又伪善的纯度
我打算施展语言的暴力
动用一把幸存的剪刀剔裁黑暗和伪装

现在我在你们当中戴着面具隐约出现
我也面对面具
一切爱恨情仇显得多么滑稽而又可笑
它们仿佛罗丹前半生最粗糙的半成品
被命运安放在危险的高度

现在我无意敌视这个世界
但作恶的邪火总是在内心猎猎燃烧

现在我想提醒诸位，把我视为奸细
——打倒我的诗歌，摧毁我的自由
别让我尖锐的视觉乘虚而入
因为我挑起事端的感觉
常常会使规范的诗歌法庭全方位瘫痪

挑 衅

我知道从前的恋人已经死了
可是我还在等待
变故之中
整日忙于迁居的女客
我必须赶在别人将她迎娶之前
回过头，逼视
任何一顶伪装的花轿

罪恶的诗歌

这种诉讼方式比较哲学
我们视为儿童的诗歌
其实罪孽深重
诗歌横行在我们骨头的花园
作为一朵蓓蕾出现
让我们兴奋又疼痛

我们所接触的诗歌
还是一株挂满毒素的菩提
这些慈眉善目的叶子
潜藏着死亡的玄机

现在，我们形同失足的少女
纯情地出没在诗歌水面
我们热爱　背离　责难良知
我们反复无常
并且善于借助诗歌的嘴脸
超脱为媚俗的君子和虚伪的小贩

面对枪口

风声荡过洞开的铁门
从里到外
到处潜伏着诗歌的枪口
命中注定
我的前半生凄风苦雨
是谁在雨中，向我举枪

传说中的牧羊人啊
放弃了肥沃的土地与牛羊
被流放到荒凉陌地
又被这无形的枪口
剥夺了温饱与自由

我面对枪口，枪口指向我
到底谁怕谁?

忍饥挨饿的上午没有阳光

但是我的祖国
处处张灯结彩
我挺进在思想与艺术的前沿
高举自由的战旗

受伤的时候
我只能等待诗歌的药剂
治疗创面
等待一杯烈酒，拯救灵魂

我知道自己终将死去
但无论如何
我都坚持自由的呼吸
坚持让脉搏跳完最后频率

曾经仰望的浮雕纷纷坍塌
我站在这孤立无援的高地
面对枪口
谁是最可靠的战友
谁是最危险的敌人
谁能替我
补上这精确无误的最后一枪
让我完成
从站立到轰然倒下的壮观

在南方丛林怀抱诗歌的武器

我在南方丛林经营一场战争
具有杀伤力的语言频繁爆炸
我的敌人出没在诗歌高地
诗歌让我想起我的祖国

我隐姓埋名盘踞在丛林地带
我看见少女和花朵无辜凋零
耸立的信仰，清白的意志
陆续沦为文明魔方中孤独的幽灵

道德与面具以诗歌之名
渗透在朝圣者的队伍里

我无意摧毁它们存在的高度
只因无数腐朽之手遮住天空
我目睹崇高变成猥琐的过程
凌厉的逼视疲软无力

我只能抱残守缺，潸然泪下

啊！诗歌，人类蔓延的苦果
物欲横流的时代不断设置着
扭曲的陷阱
我所阅读的都是虚无的历史
但我仍渴望
在这虚无中还有真实的一页
那是我崇尚的帝王般的诗歌

先　知

无数先知，莅临人间
他们牵着信仰的猎狗
他们参与众神的圣典
他们攀上腐败的楼梯
他们蛰伏在水果刀下
制造阳光以外的血迹

他们追求的自由是倒立着的
他们看见了
歹徒与花朵，修女和上帝
染上梅毒的妻子
老实巴交的丈夫
以及被口红蹂躏的少女

他们看见了虚弱的诗歌
奴颜婢膝的大师
遍体鳞伤的艺术

面黄肌瘦的经典
坠入风尘的道德
假冒伪劣的贞操

他们还看见被亵渎的爱情
戴着面具的良知
染缸中出没的衣冠禽兽
以及许多被彻底激怒的鱼

在文字的锋刃上行走

我与这些嘤嘤作响的文字
不期而遇
两千年前，我离开更年期
坐在王朝的野外捧读伦理

我的骨架向八方溃散
亡命的十指由里向外
无限张开，形成一座历史

我沉睡在卫道的大路上
二十岁的心脏冷漠如霜
我规律地让血液循环
不敢在黑暗中有所闪失

我沉浮于铅制的版面
像一棵断去根茎的朽木
随向南的风势，寻找倒下的位置

我最后走向那条浑浊的大河
一块块身躯被白纸分裂
贫血的诗歌是我曾经存在的证据
被后来识字的眼睛，美化或诽谤

伊凡·哥尔的第七朵玫瑰

昨天晚上
伊凡·哥尔一直在我的脑袋里跳跃
他种植的玫瑰在铁锈中开出第七朵
花瓣像怒放的鲜血
从灵魂深处，到诗歌的花房
无度蔓延
他踩着细碎的脚步，一步步向我靠近
俯视那些玫瑰的时候
我深知爱情与面包都非常重要
尽管它们不可同日而语

距离将来十分遥远的现在
十几岁的女子
手持伊凡·哥尔的玫瑰，沿街叫卖
我看见梳着分头的嫖客
正打算把一夜风流献给这朵鲜红的贞操

那一年的巴黎夏夜，上演着几场悲剧
次序变得模糊
时间没有规则
情人在情人节的夜里呻吟，我在花下死去

第七朵玫瑰从伊凡·哥尔的白血病中凋落
庞大的病床坍塌在墙角
房间里飘满芬芳的异味
神甫们悄然退去，再也没有出现
他留在死亡的原地
瞻仰那些被大海抛弃的帆船
第七朵玫瑰，像残废的湖泊
像漂浮的尸体
像红葡萄酒遗留的颜色
像木制十字架上唯一的那枚温顺的钉子

鱼 骨

架在路口的鱼骨变成化石
卡在我的咽喉
这是比诗歌更低级的错误
第一个印象
失实的哲学
孤儿厌倦了他手中的玩具
稿纸上的积木
被废弃的祖宗
一只猫两只猫三只猫死了
死亡原因是向温度要风度
没有地址的坟
我的葬身之地
这时候想象力和应酬时间
都非常重要
我的白皮书，是黑色符号
它们变成猫的罪证

酒　话

你们知道的！你们谁不知道
老子滴酒不沾
只有心里高兴的时候
我才纵情狂欢
我才掏出提醒命运的怀表
看一看废墟下仅剩的日期

以前的事情咱们一笔勾销
我的船队马上出发了
明天我要出航太阳海域
你们必须打开闸门，为我放行
你们必须敞开酒量
让每一根血管都畅通无阻

席终人散的时候
我会安静离开，回到我的地下室
重新进入生活的寒带

请你们不要送行
我要冲出一条血路
我要用汗水烧焦未来的每个秋天

向后飞翔

幻想的青蛇再次深入我溃散的头骨
白色牧场，走过来第一批
被信仰抛弃了的圣徒
昂贵的欲望在发芽的面包下
长满耀眼精斑，那黑色的痂
午夜变得歇斯底里
于是我不顾一切，插上翅膀，向后飞翔

赞美我的人，被假象囚禁在虚设的幸福里
我看见光阴之水
流过时光的河床
我还看见夕阳正慢慢变得俗不可耐
这杯半透明的液体
像一只生病的野猫，它催我昏昏欲睡

在我躯壳以外的局部，这个世界
正在变得越来越柔软

这个世界，真实得令人发指
我在冰冷的黄昏
目睹盲鸽的翅膀撞碎城墙
我知道烛光与花朵拥有不可匹敌的力量

现在，我悬空的命运对一切危险和不幸
置若罔闻，完全无视
我只想一意孤行，向后飞翔
我决定透支多余的光阴
穿过无数个暗藏的针孔
以死亡的速度，抵达失火的菜园

冥域断想

送葬的队伍已绵延至半山腰
小寒刚过
一只雪鸟倒在家门口
寒流通过粗糙的听觉
弹奏属于它们的哀乐
此刻，我坐在北方雪地中央
臆想下一场空难的产生方式

盲　流

我估计这个冬天再深入一点
就能看见
许多无家可归的人
他们沦为盲流，饥寒交迫
他们在现实突围
沿着癌变的道路
穿街过巷，为稻粱谋
有时候也会不惜铤而走险
他们心中
繁华的城池正在慢慢冻僵

我也掺杂其中，我也变成盲流
但你无法分辨
哪个面孔更为绝望
短短的二十年，我却以为
自己已苟且半生
如今仍与饥饿纠缠不息

当光明笼罩城市
当万劫不复的黑夜来临
我却倒在自己的旗下奄奄一息

化 石

睡眠。制高点
屠宰场的佛龛
物价上扬
有人情绪低落
一步一叹息
一步三回头
我十分敌视时间
三亿年被风化了
三亿年盛产精英
留下市场。面具
地下交易。娱乐城
大量批发鸡毛
鸭毛，鹅毛。废物
返林归真的垃圾
台灯灭了
银子碎了
我喜欢和愚昧同居

白骨重见天日
手铐却丢了
我们的爱情
一直与货币狼狈为奸

穿黄色衣裳的人回到家里

穿黄色衣裳的人
回到家里
用开水占领杯子
用温度玩弄风扇
用裸露挑逗灯光
用情欲遮掩床底
一只猫躲在门后
它被满足的声音
造成了故意伤害

诗人无尘

醉卧街头的那天晚上
我认识了诗人无尘
他是书商，专卖盗版
长着一副
老谋深算的样子
看上去不像好人
经历几次"扫黄打非"之后
他的马甲里
只剩下一根瘦弱的骨架
我想如果他被
剃光那头长发
准会变成医院实验室里
最逼真的人体标本
我们通常借诗歌的名义
通宵达旦，喝酒抽烟
讨论泡妞心得
抨击社会现实

偶尔也会大骂
诗刊社里某个混账编辑
尽管双手沾满铜臭
但无尘始终认为
自己是个知识分子
推崇先锋精神
标榜贵族气质
他常常挖苦我
活得像个诗人
每当酒过三巡，菜过五味
无尘喜欢喋喋不休
——荣斌你不要老是躺在
诗歌的破床上做梦
你现在最需要的是冷静面对
现实与艺术
我回敬：给老子闭嘴，喝酒！

洪水前面是我的影子

汛期发出了细微的喧响
我在焚烧的气流内飞翔
诸神捂住敏感部位
让火焰舔过七月的河床
大雨退去的时候
洪水与阳光汹涌而来

洪水前面
奔跑着我不断下沉的影子

我枕着水上的泥浆沉睡
又被两岸的哭喊声惊醒
迷失的鱼群
一尾尾僵硬
我饮下半杯黑暗的血浆
在洪水面前构思复活的扮相

绝望状态

我终于眼冒金星，我终于看见
蓝光
火焰喷发而出
死神巨型翅膀
饥饿的小蝼蚁
黑色铅云浮游在森林之上

我还看见先哲们遗留的残骸
碎片
干瘪的趾骨
粗粝而油腻的服饰
枯萎的抱负
在不朽中渐渐腐烂的文字

我如今唯一的心愿
就是希望
马上能够吃顿饱饭

再用一百首诗
为旁边那只生病的猫
消灾祛病，解除痛苦

其实很多时候
我比它更绝望

因为极有可能我会倒毙在
某个晌午
或者黎明
所以我务必事先
截断完好的十指
插在荒野，指向自由路标

让我投奔炎热的大雪

你应该靠近门口，打开门口
让我滚出去
把那团邪恶的灵感还给黑夜

你应该让酒精焚烧
让梦想的气球破灭
你应该让我投奔炎热的大雪

我的思想受困在一根骨头里
黑色铁链
将我囚锁

我其实热爱歌唱，甚至热爱
每一根冷漠的指针
从零点到零点，机械地巡逻

任何时候，都不要提醒我
福祸无非生死
你可以在痛苦的尽头出现

不要故意吹响口哨
不要无端打动心灵
此刻我并不害怕死亡的温度

暴 雨

我希望能够活到明年的今天
我希望能够
在暴雨中
举行一场
别开生面的受降仪式

我以流浪者的姿势
孤独站在
天涯海角的岩石上
面对大海
我望眼欲穿，却无能为力

我曾目睹
命运被阉割的过程
在暴雨停止的刹那
我突然想让手中失控的钢笔
回到懦弱的地方

流浪汉

我俯下身子，在马路边
捡起路人甲
丢弃的半截希尔顿香烟
这世界顿时舒坦而敞亮

从花朵到凋谢需要经过很长的颜色

路过望海楼，我看见隔壁阿玉
正在揽客
她身边站着，一群女子
她们使得今夜格外妩媚
霓虹灯照耀着婀娜多姿的倩影
迎风飞扬的胭脂
画眉的彩笔，惊艳的口红
终于让这些火热的青春
出落成一具具娇柔的尸体
从此，我的爱情死得毫无征兆

献给托马斯[①]

是的，托马斯，"死亡将不再统治"
请你务必接受我手中的头骨
那些即将凋落的罂粟花
开在遥远的英格兰半岛
悲伤的琴声不会影响《死亡和出场》

麦克风连接你的每一根神经
托马斯，你躺在战后的国度
向诗歌的人民预言我的来临
当你"离开爱的病床"
我已翻开这个年代最后一页

我的目光锁定在潮流和云朵之上
我为你朗诵、吊唁，为你奔丧
尖锐的信仰织成覆盖死亡的战旗
托马斯，请闭上你的右眼
用诗歌打造的遗嘱，与灵魂相似

---

①托马斯：指的是英国著名超现实主义诗人狄兰·托马斯。

荣斌的诗歌

至于荣斌的诗歌
我希望在他死后
你来品读
那些语言含有氧气成分
让你重新复活
灰暗部分如粗糙的食品
带着血的颜色

你不要拒绝
你不能拒绝
你不应该拒绝的是
荣斌的贫穷与卑微

请把尖锐的触角赐予感觉
像路过沼泽的脚步防止麻木
你必须摁灭幻觉
你必须低下头颅

你完全可以陷入荣斌的声音
如果你热爱钢铁的命运
迎来的将是自由和歌唱

电台记者

有时候打开收音机
纯属偶然
有时候打开收音机
总是漫不经心
今天你打开收音机
一定能听到
张楠富有磁性的播报——
"各位听众
现在播报柳州新闻
本台记者荣斌报道
正值我市举行大规模
灭鼠运动之际
日前，一位外地来柳青年
在五一广场西侧
用干辣椒熏老鼠
不到一个小时
这位有为青年

共熏出了 39 只老鼠
为我市的灭鼠运动
做出了巨大贡献
目击者纷纷称赞
他真是一位火鼠能手！"

卖香烟的小女孩

遇见一个美丽的小女孩
她坐在五一广场卖香烟
十五六岁光景
真是个好年龄
我经常跟她买香烟
顺便找机会套近乎
今天我手持五元人民币
走到她面前：
姑娘，来包甲天下
——剩下的两块不用找了
给你多挣点，将来置嫁妆
小女孩扑哧一笑：
我呸，才不稀罕
你留着回去讨媳妇……

站在雪域的女子（组诗）

关于冬天的承诺

秋歌熄灭的子夜，我回到爱情的门前
我以沉默的姿势
在南方以南，倾听季节的方言
回望水天一色的陌岸
我看见去年的女子，走在极地路上
进入辽河朔方
爱人，你这冬天的精灵
大风之中，如梦的暗香
正浸染这一角湛蓝晨光

我透明的足音难以抵达春天腹地
我静坐阳光边缘
将焚烧的梅朵深藏于心
我默默回避长驱直入的雁声
让一抹残缺的背影，擦伤洁白回忆
我独行于隐秘的河谷
祈祷一枚神赐的渔火，烛亮水港

爱人，我刻意而来，却又不经意而去
我朝圣的灵魂
依然停留在
你朴素的花园
等到初雪飘落的日子
我会手持一束灿烂的春天，回到雪域
我将沿着崎岖的山路
独步尘霜，风雨兼程
我穿越圣洁的霞光
靠近你无边的草原，并将一生的恋情
种植在这个冬天的脚下

关于雪的女儿

你披雪而立，等候雪以外的恩情
这饱含沧桑的机缘
没过隐隐作痛的水声
那时候，我就站在前世的雪光中
凝望你千年之后
出嫁的情景
爱人，你到来的时辰
这场大雪漫漫扬扬，伴我飘零半生

光阴流逝，你的青春被雪覆盖
我听见美丽的脚步声，由远而近
那一声声重叠的呼唤
仿佛白雪在轻吟浅唱
回荡在我空旷简陋的居室中央
爱人，大雪围困的向晚
你还在冻结的水岸，为谁葬花

你说岁月尽头，会盛开一千朵旧梦
我仍然怀念你清澈的泪痕

你飘舞的裙裾
浮动在草色清清的湖畔
你纯洁的乳名与雪关联
雪花玲玲作响
长发的暗香印在满天霞彩的衣裳
爱人，我为雪而泣
我在无路可寻的雪下，祈祷遥远的来生

关于红尘的故事

歌唱的少女泛舟而来，我的辽河
三千里红尘白雪皑皑
与我擦肩而过的幻影
是一只晶莹的雪鸟，在天空自由飞翔
忽隐忽现的惦念里
轻风画出你的曲线
我仿佛遇见流萤，烟火，温暖的烛光
以及明媚的灯盏
凝固在半启的窗台，照亮我的身前身后

爱人，我迷失于青蘋之末
像静水下的藻类
任凭这世间雨雪如何锋利

我依然坚持
最初的步履
我以你为路，以你为墓
在这动荡的人间，弥补大彻大悟的余生
我为你采撷的阳光不会凋谢
就像迎雪的玫瑰，开在风中

爱人，我等待你到来，圆一场千年之梦
我将牵引黑暗中的马匹
驰骋于诗歌的光明道路
我的北方，这场空前绝后的大雪
它足够埋葬爱情
足够击碎幻灭的灾难
爱人，请与我同行，陪伴我疲惫的身躯
我们将跋涉万水千山
一路向南，抵达传说中的绿色故乡

关于我的传说

我只是你门前的过客
但我热爱你冬天的冰凌和雪，你的水
纯洁的笑靥，雅致芳华
直至那白发苍苍的暮年

我是你夜空最孤独的星
是你眼际飘忽不定的风
爱人，请收留我的悲伤和凌乱的心事
在无数种虚构与假设中
接受我决堤的思念
这一场独特的汛期
让我的爱恋像荞麦一样疯长在你的雪域

冬天里奇寒的一夜，我遥望北方
大雪已经来临
爱人，我就是这雪的魂魄，注定要坠落
我沿着冬天的路径
以诗歌与爱情之名
叩开你封闭的心灵
我就是你窗外纷扬的白雪
是你安放在花季边缘
十里牧场的爱情游戏中，最冒失的孩子

除此之外，我还热爱你火爆的脾气
凌乱的刘海，茫然的眼神
清贫的居室，以及贮藏在大衣里的
那一缕缕典雅荷香
严寒无法阻止我行进的脚步
我踏着雪落的音符
抵达北方宽广而苍凉的河岸

爱人，我是你前世的荒滩上
失散多年的纤夫啊

关于雪域的最后一幕

想象我在冬天开放的诗歌，多么高贵
我以脆弱的文字
叩动这蓝色夜晚
它们不可替代，它们是唯一的抒情方式
我习惯端坐于凌晨
翻阅你的来信
我看见小寒的天底下
白雪化成冬天的泪花
仿佛在描绘我们被时空隔绝的一段尘缘

爱人，这样的光景并不多见
只有初雪飘落的日子
透过雾色迷茫的玻璃
我才能感应你热切的心跳和冷冷的忧伤
大雪封冻了情感的河流
寒风渗入我冰凉的血液
无声的告别成为这个季节最鲜明的背景

我们相逢于雪，你又化雪而去
你是那一片片飘扬的雪花
让我对冬天情有独钟
我不再期待云开雪霁
也不再渴望春风拂面
当你的天空阳光弥漫，遍布轻云
我珍藏于内心的积雪才慢慢融化
爱人，我将以怎样的诗行
诠释这个冬天漫长的思念
此后经年，在无雪的夜晚
我是否能走出你记忆的视野，飘向远方

第二辑

梦游症患者

1999—2009

祖　国

我高举这面诗歌的旗帜，揭开祖国的序幕
峰峦之上的白马和梦中的祖国
生命与墓穴同在
稻作与火种同在
激流与暗礁同在，和平与战争同在的祖国
以长江为始，以黄河为始
以红色道路作为终极背景的祖国

由碑文林立和尸骨纵横书写着历史
由万千语系化作诗歌与梦想的祖国
无论是歌舞升平的黎明或狼烟四起的黄昏
都有凤凰涅槃而世代耕种的黎民生生不息

我曾站在历史的尘烟里久远地眺望
我曾看不透的昼与夜
那正是被泥土和砖瓦以及城墙布置的祖国
被村庄和草木包围的城市精细划分的祖国

智慧之鼎酝酿出五千年陈曲
文章与秋水绵延着时光之河
我的每一滴泪水，都注入烈酒与希望之火

卸下伪装

我想远离这座城市，回到凤凰
我想放弃面具，卸下伪装
把生命还原成血浆一样的颜色
浑身疲倦，走在路上
真的有点累了
我迷失在别人的城市
像一个孜孜不倦的守墓者

我想用白雪装饰天空，明朗如初
用春风吹散额上深深的伤痕
我想用一盏油灯
照亮过去的记忆
我想用云朵裁剪一件温暖的衣服
裹在身上，回归故乡

路怒症

从海印桥到二沙岛，我的鼻孔正在窒息
苦夏慢慢变得沉闷，变成咖啡色
我听不懂这座城市的鸟语
我不喜欢人们目光呆滞，面无表情
车轮缓缓驰过晦涩的空气
手机不停爆响，我的脾气开始变坏
条条大路通罗马，也通往天堂和地狱
我触及的每一寸沥青，沙砾，水泥
忍辱负重的鹅卵石
都曾经或者即将被黏稠的血迹浸染
我真想踩断油门，我真想超速前进
我真想化作一只自由邪恶的老鹰
我真想成为一匹草原上奔腾的狼
我想冲向天空，化成一朵虚无的云

酒　吧

激情都耗尽了，在洗手间
我遇见一个弹吉他的小子
被酒精击溃
隔壁的麻将桌有四个恶棍
旁边是迷恋钢管的小太妹
他们眉飞色舞
正在探讨如何能一夜暴富

每个人的眼睛都变成扫描仪
像黑色猎犬
像锋利刀片
这时候红酒弥漫，高潮迭起

这时候学院路向深渊延伸
路上有许多人看不见未来
明天显然无法预测
但是他说

今晚，必须喝醉，必须放纵
必须疯狂
有个傻子在吼：青春不在我还在

风月广州

我打算让自己在一棵树上
吊死。我打算让自己
开成花
然后，结一万枚苦果

我希望有朝一日死在花下
因为厌恶玫瑰
所以喜欢石榴
我想死在四月
或者比四月更雅致的季节

我还想吞下这杯苦酒
就像咽下一杯清纯的毒药

内心的烟火，虚弱而幽暗
它们却一直在燃烧
我的房间

偶尔也会铺满沮丧的味道

更多的时候，我都习惯了
以沉默应对诱惑
我鄙视欲望，但欲望无处不在
就像我的绝望，同样无处不在

新莽汉主义

那时我牵着一条流浪狗
横行在柳州街头
腰里揣着牛角刀
沙枪别在屁股后
我习惯披一件旧外套
在游戏室里流连忘返
喝着泛酸的米酒
叼着劣质的香烟
经常和一群"黑鱼"在街上
打架斗殴
那时的我，偶尔也写写诗
或者在某些晚上
给一个陌生的女孩写信
那时的我，是典型的坏小子
扎轮胎，堵钥匙孔
我匿藏在水深火热的汪家巷
偶尔还干些偷鸡摸狗的勾当

同　居

我们的声音越来越虚弱
已无法抵达彼此的内心
生活如贴在墙上的装饰画
呆板，黯淡，毫无光泽
泪水晶莹剔透
却看不见未来
我们并肩走在破败的路途
近在咫尺，却远在天边
中间隔着一张巨大的病床
爱情没有动静
变成非法同居
梦想和现实如此泾渭分明
有一种名叫厌烦的昆虫
被时间的皮鞭狠狠抽打
它伤痕累累，却冥顽不化

底 色

某个秋天下午，我路过古亭山
看见她泡在酒杯里
左手捧着尼采的书
右手拿着一根鞭子
她俏丽的脸孔贴着风尘的膏药
纤细的十指涂满油脂
每个夜晚的声色就像一枚刀片
闪烁末日的光芒
安放陌生人的床
既是她设计的游戏，也是陷阱
这些交织成复杂的生活
从开始到结束
她的记忆里从没有留恋与生还

末　日

最后的时辰，我看到的全是
流血的春天
死亡变成一束青色光环
从四周聚拢
由此我相信，每个黎明
都会对黑夜作出正确的判决

秩序正在被人为地切割
呈粉末，呈块状
在模糊的信仰下
无知的人更喜欢崇高的假象
我们颓废的生活
总是与畸形的幻觉纠缠不休

还有什么比失去自由更具体
更锋利的痛楚
语言只是一种本能

生命也仅是有限的过程
哪怕我死上一万次
这个世界仍然保持一成不变

梦游症患者

冬天的早晨
我目睹一个写诗的男人
变态的过程
他随手捏死一只
摇摇欲坠的苍蝇
他正在对现实
实施最有效的报复
他的妻子
梦游症患者，站在门外
她目光恍惚
从一个房间
到另一个房间
从一场噩梦
到另一场噩梦

捏碎一朵花

捏碎一朵花的时候
他的表情有些阴险
就像捏碎一个玻璃瓶
被划伤手指
鲜血汨汨而出
但是快感淋漓
有时候恶毒的举动
如果做到恰如其分
竟也不失优雅
不怕遭到良心谴责
比如一个刽子手
只要保持足够冷静
他也可以，杀人之后
面带微笑，从容离开

写给我的死亡纪念日

——同题 W.S.默温

我看见人们纷纷脱下头顶的礼帽
动作多么笨拙
我的思想挂在断裂的墙角
像一块风干的腊肉
像我第七年的尸体
作为逃亡者，我曾栖居火焰之上
命运一直下垂
向我暗示它的不堪和懦弱
许多人卑微地活着
活成了自己的累赘
无论是选择熄灭，还是走向再生
谁都不知道自己是否可以生还
而我，不打算留下来
不打算让光辉的悼词一次性消费

一片叶子落在头顶

一片叶子落在头顶
很痛
就像是一场
虚构的打击

我听见双目失明的孩子
从下水道
发出求救的声音

我屏住呼吸
以水的清廉
洗刷过往的污点

这大概是今年三月
最忧悒的一天
一片叶子
落在头顶，很痛

但我已经穿着
好看的衣服上路
我要去拜访一位
早已精神失常的寡妇

暗　角

我隐居在暗角
像一只
睡眠不足的蝴蝶

我不分白天黑夜
诅咒
墙壁上面那盏灯

我以病态的目光
敌视陌生人
敌视所有的微笑

我画地为牢
把希望囚禁在
阴冷的盒子里

我的诗歌
饿死在
阳光照射不到的地方

我的诗歌像是
被风摧残的花
虽然色泽鲜艳
但却毫无芬芳

风　筝

魂魄原来很轻
它活跃在空中
到了三月或者九月
就可以发出
招魂的声音
在我之外
不会有人
经历这样的飘荡
天空周围
到处是血光
划过的痕迹
节日的早晨或黄昏
会举行盛大的典礼
万人瞩目
万人随我占领天空
而我，仍在限制中
幻想自由

产生下意识

有种声音
从午夜门外
隐约出现
是上帝
还是魔鬼
是男人
还是女人
是朋友
还是仇敌
我有点疑惑
也有些紧张
开门一看
却原来是
邻家二妞
收养的那只
流浪狗

诗人之殇

语言失禁成为精神有问题
最直接的证据
在天才与弱智之间
我喜欢选择前者，却总是
不幸沦为后者

诗歌被打制成出土的陶瓷
但是没有顾客更没有市场

我与黑夜做伴
不是无病呻吟
便是故作姿态
悲哀既成事实
不幸不可幸免

即便一贫如洗
也要把饥饿与痛苦

当作财富
我陷入了自己的圈套
自言自语，不知所云

心理异常

我拒绝睡眠
是因为磨牙会发出
讨厌的声音
我拒绝恋爱
拒绝和一个骄横的剩女
同居一室
我喜欢站在
早晨或黄昏发呆
让灵感在雾气中
慢慢融化，热烈升腾
我骨瘦如柴
哪怕只剩下
一副空空的躯壳
也要把自己装扮成
思想者
我习惯天马行空
我行我素

习惯用黑夜透支白天
再把白天借给黑夜
我还喜欢颠倒乾坤
把自己搅得七荤八素

第三辑

我有一壶酒

2010—2019

原　谅

每天，临睡之前，请闭上眼睛
让身心浮靠在平和的水面
学会沉静下来
学会反躬自省
学会宽容，坚忍，以及原谅
原谅所有的人和事
原谅所有的过错与冒失
原谅阴沉的天气
原谅没有阳光的早晨
原谅姗姗来迟的脚步
原谅别人的傲慢与偏见
这个世界从来没有十全十美
原谅它的偏袒与不公
原谅多舛的命运
原谅凌乱不堪的既往
打满补丁的未来
原谅崎岖而坎坷的道路

以及，路上被鲜花覆盖的陷阱
没事的时候，多想想自己的缺点
原谅人心的叵测
与生俱来的自私
原谅苍白的借口
原谅恶毒、工于心计的目光
原谅没有防备的伤害
被善良虚掩着的预谋
除此之外，你还要原谅
无端的猜忌，背叛的情感
原谅谎言，原谅诋毁
原谅没有兑现的承诺
原谅排挤和质疑，并且
原谅懦弱与卑微的内心
原谅那些，高高在上的面孔
原谅他们的世故与无知

明　天

明天一切都会安好，一切都将还原成
最初的模样
明天这城市将被绿色植被和童话占领
我的房间没有尘埃
内心有如婴儿般纯粹

明天阳光落入掌心，花儿开出透明糖果
即便寒冬来临
天空也覆盖着温暖的衣裳

明天，我会在废墟上
搭建一个有烟火的家，它不是归宿
但是可以收留
许多诗人，病号，以及酒鬼

明天，我会穿过古老的街巷
挤进人群的森林

与这城市亲近，亲近它稚气的斑马线
倒影的树木，歪曲的河流
缺乏情调的人民公园
还有积压着梦想的动画公司

明天，没有人知道我来过
曾经站在这座城市的船头
我的歌声像风一样轻微，像夜莺一样
掠过黑夜的河畔
终有一天，我的离去
会使一些人的记忆变得浑浊

那时，我的名字化成一摊冰凉的石头
湮没在泥土里
我点燃的诗歌被埋在冬天的早晨
它焚烧着，不会熄灭

信　仰

我看见渡船了，不在水中，也不在岸边
它在沙漠，在无边无际的夜里
我看见候鸟的翅膀闪着蓝色火焰，从冬天折回秋天
它们空腹着，一无所获
它们飞过了九月的头顶，向天空追讨最后一线生机

我的心突然下沉
因为我看见了阴影，飞翔的阴影，已经奄奄一息

只要有风吹过那片牧场，我就会觉得眼前一片光明
我就可以歌唱，可以欢呼
可以像孩子一样手舞足蹈
我在辽阔的草地仰望云朵，云朵下仍然活着的羊群
这是令人欣慰的景象，也是一年里最好的消息

那么我还希望能够遇到这样一些人，他们筚路蓝缕
他们风尘仆仆，四处迁徙

他们衣衫不整，但是脸上舒展笑靥
我坚信，他们是手执信仰的人
信仰被点燃成篝火，被一种力量托举成高高的星辰

我的祖国

最近我总是反复在听
一首老歌
这是一名
六岁小女孩
独特的声音
稚嫩中夹着
一缕沧桑
就像柔弱的土地
种满坚贞的钢铁

我相信，我听到的不仅是
水流淌的声音
火蔓延的声音
更是沸腾热血
澎湃在心脏的声音
我也相信
那是满山红叶
开遍一个年代的声音

写在国家公祭日

我家在南京
江苏路一号
靠近傅厚岗
毗邻大方巷
据说这一带
曾经都是达官显贵
居住的地方
东南形胜
富庶繁华
可是，每次回南京
我的内心
总是很复杂
觉得这座城
阴气过重
中山陵，总统府
秦淮河，夫子庙
我都可以去

只有大屠杀纪念馆
我不想进去
因为我担心
腾起的怒火
会烫醒
那三十多万
死不瞑目的冤魂

寒夜，我想起那些露宿街头的人

气温骤降，这个冬天第一场寒流已经到来，有点冷
望着窗外零星飘下的细雨，还是冷
我工作了一整天，从早上七点，到深夜十二点，有点忙
这一整天我没挪过地方，也没出过房门，确实忙
虽然我只吃了老王带回来的一份快餐
但是不觉得饿，手头工作太多，一忙，就忘记了饥饿
当我放下手中的活儿，转头凝望窗外
这才发现，冬天真的已经不期而至

昨天不是还好好的吗？阳光那么灿烂，像一张情人的脸
可是现在突然变得这么无赖，冬天，连个招呼都不打，
　　说来就来
毫不客气就像个蹭饭的家伙
暮色阴冷，我突然想到了有一个人，或者说是
有一群人。他们是：流浪汉，失地农民，下岗职工，进
　　城务工者
以及栖居于荒野的蝼蚁，白骨，无人认领的小狗小猫
他们无家可归，没有栖身之处

世界那么大，可是，他们依然居无定所，没有安放灵魂的
　　巢穴
哪怕是一只可怜的小铁盒子，都没有
他们无比艰辛，他们的目光透亮，却被渴望占领着
在这样一个寒冷的黑夜，我突然想起了遥远的安徒生
我想读一读安徒生
不，我读的不是安徒生，而是那个衣衫单薄的小女孩
卖火柴的小女孩，你记得吗，她有一双美丽的大眼睛
还有一头枯槁的金色长发
那时我们在一所破旧的乡间中学，认识了她，我们经常
　　把她
名字叫错
我们称她是——卖女孩的小火柴
她像是邻家的小妹妹，但是她进入了天堂，在一簇火光的
　　尽头慢慢熄灭
她的影子被我们怀念了许多年
这些无家可归的人啊，你们在哪儿呢？你们是谁？
你们当中是否有一位是我孪生的兄弟或姐妹？
没有回答。周遭冰冷而安静
这黑夜里只有寒风渗入骨髓，还有无数双麻木的眼睛
我不知道，我或许根本就没有见过他们
或许是曾经在路过的天桥下面，在干涸的河边，在某个
　　废弃的寺庙
也可能是在某条没有名字的街巷
总之，我不知道他们身在何处

就仿佛那些零散如一团乱麻的命运，左掌上的纹路，
　　痕迹模糊
他们不知道自己来自何方，更不知道明天的去向
我想到了他们辘辘饥肠，还想到了更具体的一些面孔与
　　神情
有泪的眼角，有呼吸的鼻翼和依然搏动的血脉
我的心被刺痛，是的，心是脆弱的，偶尔会具有痛感
在这样一个暗如沉铁的夜里，我无法平静下来
尽管身体疲惫不堪
但却被这些虚无的镜像搅拌得十分焦躁！我突然非常沮
　　丧，透过窗口
用目光摸索最黑暗的远方
那一瞬间，我又想起了海德格尔[①]这个骄横的混蛋
大家被他忽悠了许多年
因为他告诉我们——"人，诗意的栖居"，使得多少梦想
　　颗粒无收
我现在注定无法释怀，因为心中的块垒消除不去
那些人的影子像招魂的旌幡，在我眼前飘浮
那些活着的，死去的，以及半死不活的，那些黑色的瞳孔
如同燃尽的蜡烛，渐渐黯淡
在这样一个孤寂的冬天的夜晚，他们冷吗？他们是否
　　斜靠在皲裂的墙角
抱团取暖
他们是否也学会了等待明天？
可是明天在哪？明天会出现一轮温暖的太阳吗？

──────────

[①] 海德格尔：指德国哲学家马丁·海德格尔。

喝　醉

只一杯酒就足以让我现出原形
在老婆的眼睛里，我看见了凶光
当然，我还看见明天的太阳
从西边升起
那么现在，滴酒不剩
已经两眼发黑
找个借口：我得去赶下半场
再过几个时辰
黑夜就结束了，黑夜将彻底结束
我要走了，我必须离开厨房假日
这该死的地方
它真的已经成为我们的厨房
你们不要阻拦我
你们让我独自回家
我只想回家，而不是继续在外晃荡
路开始在我的脚下呼呼生风
飘飘欲仙的感觉

没有车祸发生
也没有站街女在附近招揽生意
这里像一个宁静的鸟巢
科园大道，安静如冬眠的鸡蛋
我醉眼蒙眬
我想我是需要狠狠睡一觉
或者，给老婆打个电话倾诉我的梦想
梦想就是允许我再娶一房
我甚至可以酒壮色胆
向她透露一点儿见不得人的秘密
我这么想着，就不经意到了楼下
我砸开房门，有一只老鼠从客厅逃窜
我想我一定没醉
因为我还能砸开房门，并且
异常清醒，没上错床
我还可以准确无误地躺回自己的床上

我终将成为一枚石头

我终将成为一枚石头
横在这世道上
煞白的，形状
有点像人类的头骨
当然，我也可以
奇形怪状，栩栩如生
如同矫情的雕塑
被把玩在时间的股掌

我终将成为一枚石头
沉默的，躺着的石头
有思想的石头
在山脚，在土下
或者，在水中
所有不为人知的地方

我的躯壳无处不在
质地坚硬，粗粝
色泽黯淡，样貌朴实
甚至丑陋
仿佛一具具纯粹的尸体
但是，作为石头
我具有棱角和锋芒
具有切割灵魂的力量

一条小船载我回到故乡

——题记：5月16日应邀参加2015年"中国旅游日"广西分会场暨乐游广西（来宾）夏季推广活动，第一次乘船全线游览故乡来宾水城夜色，我的内心只能用"震撼、惊喜、惆怅"来形容：震撼的是故乡原来如此美丽，惊喜的是故乡变化今非昔比，惆怅的是我今生已与故乡渐行渐远……

我的故乡在来宾，确切地说
是在来宾一个叫凤凰的小镇
桂中腹地，戾气挺重
自古以来，盛产土匪与盗贼
当然，也出文人和雅士
这片深褐色的土地，流经一条著名的大河
叫红水河
可是，红水河只养育历史，不养人
因此，千百年来，这里缺水
缺水的故乡却有着永远也喝不完的米酒
酒风浓烈，每年都有人因喝酒出事

从十三岁起，我就已经离家出走
在外面晃荡了许多年
满目疮痍的故乡一直在我模糊的记忆里沉睡
就像一位疲惫的母亲
沉睡在贫瘠的草席上
故乡于我，如鲠在喉，如刺在肉
如一片镀铅的云，飘浮在生命的上空
我知道，我的目光扯得再远
也无法穿越故乡最初的距离

经年之后，听说故乡已改头换面
被誉为"桂中水城"
于是，我乘一条小船，回到故乡
好奇心铺满浅浅的河道
我看见两岸流光溢彩，灯火阑珊
疑似江南，但江南的夜色没有这般透亮
故乡月如水，比水更清柔
我用疲惫的目光丈量来路
却再也找不到当初蹒跚的背影
今夜，我对故乡的爱，注定不带有半点棱角
我对故乡的爱，也注定需要重新启程

午间，安静的鱼和鱼

所有的旧时光，都将被我拒之门外
走在路上，隐蔽于绿荫的缝隙之中
所有的眼睛，都将被我收藏成一幅潦草的画
被我搅拌成清香的上汤白花菜
我在午间躺下了，我以假寐的眼神
阅读爱情，和爱情以外的话语
我看见她们为爱情奔走的脚步
溅落在幸福与不幸的铁轨间，化作泪水和盐

我的鱼缸呢，我的鱼和鱼们
我的通明透亮的水，藻类，包括河床
以及河床下被风干的居室
还有局部疼痛的玻璃镜子，光洁，明亮
映射出的一张张逐年衰老的愁容，都将消失
都将变成遥远年月里最深的伤痕

它们，或许可以成为记忆的一部分
那么我呢，我还能够留下什么？在末日的路上
无边无际的路上，没有了断的路上
我是否，能够像现在这样，活在纯粹的梦里
可是，如果我死了，如果天空变得黯淡
如果干净的血液被诗歌浸染，或者提炼
那么我将愿意停留，愿意回望
愿意再看看眼前的光景，哪怕只有片刻

周　末

我躺在许亚童的迷梦里瞻仰周末
我把青花瓷倒过来，把玩，砸碎
我斟满一杯热茶，浇花
看它枯萎，慢慢死去
酒香弥漫，酒香四处招摇
醉了一个上午，还醉了昨夜熟睡的陌生人
我贴在水面肆意飞翔，我落在今年十二月的枯枝上
我变成小鸟，寻找菜园
我被一把弹弓射死，羽毛四处飞溅
我在我自己的掌心跳舞
没有钢管，我就把木棍当成棒杀道具
我听见血液滴答的声音，像山涧溪水流动，很好听
我忍不住抽出藏刀，割肉，割命根子
割难填的欲壑
割一切可能导致悲剧的角色
我歌唱往事，我掩埋没有任何依据的回忆
乃至任何不靠谱的爱情

都将被掩埋

我想走了，但是脚步仍然迟钝，它停留在这个周末

它找不到出路，找不到通往云端的途径

我要向所有的人道一声早安

我要向所有的人道一声早安
这新年的第一天
窗外阳光未醒，她们又开始一天的忙碌
这些熟悉的、陌生的人
和我一样，双掌合十
走进花朵恩赐的五颜六色
第一缕阳光如期而至
怀里初生的婴儿，内心装满了整个春天
就像翻新的庄稼地
即将拔节而出的绿色麦芽
她们是一簇簇温暖之火，在内心燃起
这是诗意之火，如梵语最简洁的部分
她们陪伴时光走在路上
呼吸最纯粹的空气
亲近与泥土融为一体的家园
她们都不是我的骨肉
却是我途经的风景，美丽而温暖的色调

她们被我安放在灵魂上方
沐浴着恩情
我在流转的时光里祈祷、聆听
安抚最深的疼痛
并且接近，每一个祥和的早晨
我要向所有的人道一声早安

结　束

剩下的茄子
就是我的了
还有剩下的鱼刺
和生蚝的头盖骨
也是我的
夜宴落下帷幕
脑门突然变冷
只是瞬间
手脚便已冰凉
味觉陷入麻木
我不得不
三步并作两步
仓促逃离
我是要用自己的
脚步声
敲碎内心的惶恐

一个坏蛋的泡妞笔记

我准备把一个美丽的笨女人
骗上山
骗到很高很高的山上
必须是海拔一万米以上
不，必须是两万米
这还远远不够
我带她攀援的山顶
必须要有云海
必须要有日出
必须要有一场不大不小的雨
这无边无际的高山
必须静美无比
必须接近天堂
至少是毗邻神灵的地方
我让她傻站在峰峦之巅
让她幻想自己已经变成仙女
让她仰望

让她陶醉
让她情不自禁
让她飘飘欲仙
让她忘记一切烦恼
让她抛弃红尘俗念
然后，我独自走人
悄悄溜下山
不带走半块云彩

女 儿

女儿转眼十五岁了
女儿有早恋的迹象
被我扼杀在摇篮里
我使用的手段很老套
一是毫不犹豫地转学
二是循循善诱地恐吓
三是使用金钱满足她
我告诫女儿
不要迷恋那些破哥
他们连传说都不是
充其量，只是一枚
连小鸟都不叮的果子
颜色好看，却很苦涩
老爸当年比他们强多了
但却从来不勾引小女孩
老爸努力学习
老爸天天向上

老爸威武不能屈
老爸贫贱不能移
女儿说，老爸你说的这些
我已经听了一百零一遍了
能不能，说点别的
我苦思冥想
正要换点新鲜的说教
却发现
女儿早已肆无忌惮地睡着了

回到南宁

这里的树木曾经以飞鸟命名
绿色植被
以海命名
我的夜晚
以狂躁或微醺命名
我熟悉的那朵鲜花
正插在牛粪上
有一千个美人
正从逐年苍老的夕阳里醒来
我爱的人
你们变成了三十二楼的云雾
变成了坠落的轻尘
还变成了
苍茫暮色中
一盏又一盏孤独的灯
而现在，我依然骄傲地活着
你也是

在南宁
我们身前是水，身后是汪洋
梦想之门次第打开
我们和五月
并行在同一条斑马线上
这城市最繁华的烟火里
有人引车卖浆
有人一夜暴富
也有人，下落不明
我的惶恐与希望都在与日俱增
行囊虽重，却无盘缠
因此在烈日到来之前
我必须背着草席，去寻找夏天

我叫韦婉兮

我堂弟阿曼
九岁才断奶
二十岁结婚
媳妇生了三个闺女
大的叫秋菊
老二叫栋颖
怀第三胎的时候
还是女儿
媳妇想打掉
他好说歹说
终于同意留下来
取名韦婉兮
婉兮转眼四岁了
今天回老家
我见到了韦婉兮
故意问她
你叫什么名字

她说我叫韦婉兮
我逗趣道
为什么叫惋惜
她一字一顿地重复
我叫韦婉兮
我说是不是你爸爸
总想要个弟弟
所以给你起名叫惋惜
她大声抗议
我叫韦婉兮!
然后扭头就跑了

房屋中介

第一次见面的时候
小元宝说
这里绝对是黄金地段
地铁口就在小区边上

第二次去看房
小元宝说
这个小区升值潜力巨大
从家门走到地铁口
只有八百米的距离

第三次去交订金
小元宝说
您这房子买得太值了
坐地铁真的特别方便

我实在忍不住了
甩出一句
地铁地铁地铁地铁地铁地铁地铁地铁地铁地铁地铁地铁
　　地铁地铁地铁地铁地铁地铁
我从来不坐地铁
主要是一直搞不明白
如何购买地铁票

诗江湖

什么是江湖
金庸先生说
有人的地方
就是江湖
江湖在哪里
我的理解是
在人的内心
诗也有江湖
诗江湖在哪

在曾德旷的味觉里
在赵丽华的煎饼里
在郑正西的博客里
在周啸天的馒头里
诗江湖在哪
在伊沙的尿里
在曹谁的炮里
在商震的酒里

在荣斌的诗里
诗江湖的恩仇方式
其实就是
网上骂娘
见面喝酒

秋风颂

中秋刚过，我不再担心中暑
一大片绿色突然静止
狭隘的视野突然开阔
山川与河流突然低调而深沉
在明媚和猥琐之间
我突然选择了热爱阳光

那么秋风尽情地来吧
我希望向这个歉收的季节
作最后的诀别
我希望它们以被弃者的名义
接近一场婚礼或葬礼
接近甜蜜或苦涩。无论如何
我都会将郁郁寡欢的女儿
打扮成骄傲的公主

九月的故乡铺满诗歌
窗外悬挂熟透的柿子
我的房间却盛开着残花败柳
褐色绷带捆绑着黄昏
即便如此，我也不会就此消沉
更不会自暴自弃
秋风尽情来吧，我仍然在歌唱

拔　牙

这些年我一直被
口中那几颗烂牙
肆意折磨
前天实在忍无可忍
于是终于下定决心
将它们一一拔掉
为我服务的是一个
笑靥如花的女牙医
她建议我
拔牙之后再种新牙
一万块一颗
我瞅了瞅她温婉的眼神
竟莫名其妙地点头同意
一番折腾之后
我忍着比牙疼
更痛苦的心情
到收银台

刷卡付费
那一刻我在想
百年之后
我什么都不会留下
除了一副脆弱散架的白骨
顶多只剩下
这几枚造价高昂的螺丝钉

老 板

无论是在餐馆
大排档
还是在米粉店
菜市场
乃至街边发廊
桑拿洗浴中心
服务员们
总是喜欢管客人
叫作老板
我对老板这个词
天生排斥
因为在我心目中
只有杀猪的
刲①鸡宰鸭的
乡村集市地摊上

---

①刲：方言，指宰杀牲畜。

兜售药酒的
可以称之为老板
当然现在
那些搞房地产的
放高利贷的
也都是老板

如果回到大宋

如果回到大宋
我想我一定能够
做到以下几点
一是不为美色所动
把诱惑当成银票
一把撕碎
抛入风中
二是仗剑天涯
游走江湖
像张无忌那样
策马扬鞭
行侠仗义
三是归隐山林
沧笙踏歌
扮成一个
采菊南山的陶老先生
除此之外

如果回到大宋
我还有些非分之想
那就是置地百顷
娶上一房媳妇
生他一窝小兔崽子
当个员外
人丁兴旺，传宗接代

年 关

又要过年了
我的微信朋友圈内
大家都在刷屏
满城珠光宝气
整夜美酒佳肴
一派莺歌燕舞
全屏各种炫晒
举国上下
皆饱食之士
大江南北
皆粉面芳华
此时此刻的我
却是如此不合时宜
因为我想到了东莞
被弃的女婴
还想到了贵州
被拐卖的幼儿

北京车站里
望乡的眼神
广州塔下
讨薪的农民工
这世界各色面孔
形成的各种反差
更像一部悲剧

一个诗人活在扭曲的夜晚

他不停写诗
他一直想死
他希望到非主流的船上
当几天水手
他跳进秋天的菜地
尽情撒野
他拿着一本书
体验从民国的夜上海
穿越到
未来的某一天
他想去约旦河西岸
不，确切地说
他是想爬到耶路撒冷
无论是围观，还是朝圣
这些都不重要
当欲望凌驾于信仰之上
欲望会像廉价的劣质车一样

发生自燃
这一切令他惶恐不安
但他已经无暇顾及
因为脑袋长满了诗歌的虫子
他时刻在安慰自己
天总会亮的
只要天亮，他再复活

我有一壶酒

我有一壶酒，它让我倒下去
我有一壶酒，它让我爬起来
我的床头，藏有一壶酒
我的心里也藏有一壶酒
我常常自诩滴酒不沾
这样似乎更像一个正经人
我其实是担心，自己会沦为
逢酒必醉的糊涂蛋
谁都知道
酒会乱性
酒壮色胆
酒后吐真言
但没人知道，我的秘密太多
因此，我排斥酒
却又羡慕能喝酒的人
我必须承认，我有一壶酒
它只能独饮，而不可同醉

这壶酒里装的不是酒
是药。也许这壶酒里
装的就是酒，比药更管用

北京上空

航班抵达北京上空
由于大风
飞机发生
强烈颠簸
那种感觉
就像开一辆老爷车
飞奔在山路上
我问旁边的
一名空姐
这种情况有危险吗
飞机会不会
被吹翻下去
空姐摇摇头：不会
我问
那么最严重的后果
是什么
空姐抿嘴一笑：返航。

娱乐圈

这个词不能乱用的
这些年来
与人初识
总是有那么一两个
脑子进水的
喜欢对我说
你们娱乐圈
怎么怎么地
我立马回敬
我只是做动画的
偶尔搂草打兔子
拍拍电影什么的
我跟娱乐圈
没有半毛钱关系

外公秘史

外公是位乡村秀才
平时不爱干农活
天天晚上唱古诗——
一行白鹭上青天
门泊东吴万里船
因此外公常被外婆
挖苦和奚落
——百无一用是书生
记得小时候
外公告诉我
那年躲日本军
他被鬼子抓去当挑夫
眼瞅一个班的小鬼子
撵着一个连的国军
满山遍野
到处乱窜
外公笑道

就像撵着一群猪
有天晚上
他趁日本人不备
一扁担敲昏
看守的士兵
而后从桂林城外
一路狂奔
跑回了深山老林的贯村
解放战争打响
国军来抓壮丁
外公又被五花大绑
进入桂系
去当炮灰
他们打着赤脚
一路北上
听说是要去淮海
准备干仗
刚过湖南
外公就和邻村韦老四
用一锅米酒
把排长灌醉
连夜逃出国军兵营
两人一路南行
逃回广西
到解放后

外公由于反对内战
并且断文识字
他当上了大队会计

非法"占中"者

俗话说乱世出妖孽

丑人作怪多

接连几天

媒体都在报道

香港非法"占中"者即将被提堂

他们的大幅照片

纷纷亮相

我仔细瞅了瞅

这些孙子

竟然没有一个正面形象

不是贼眉鼠眼

就是獐头鼠目

全部长得歪瓜裂枣

今天下午

百无聊赖

我干了件有趣的事情

就是把网上

公布的非法"占中"者的照片
与当年汪伪政府
大员们的照片
排列在一起
我突然发现
1940 年南京城里
那一个个
汉奸狗腿子
都跑到了 21 世纪的香港

相依为命

小时候母亲带我
找算命先生看卦
他们都说我
这辈子与家人的缘分浅
一是不能替父母送终
二是无法照顾妻儿
这些预言好像蛮准
从十五岁外出求学
我就开始背井离乡
远离父母，漂泊不定
后来成家，有了孩子
因为谋生，苦苦打拼
长年在外，聚少离多
父亲患病时
我负债累累，不敢回家
以致临到他去世前
我都没能见上一面

这件事情
成为我一生最大的痛结
于是现在
无论如何我都坚持
与老母亲一起生活
不仅是恪尽孝道
我要用事实
打破那些算命先生
编织的鬼话

反腐动态

去年到现在
我的朋友圈
不断曝出坏消息
几位处级
还有厅级
甚至部级
关系较好的老朋友
纷纷进去了
每当看到这些新闻
我都比较关注
但却从不转发
可是总有些
不怀好意的好事者
会将这些报道
弹到我的微信上
我心里挺恼火
却装作不介意

只是轻描淡写地说
他们被"双规"
公开报道还没出来
我就早有预感
我想说的是
现实生活中
他们有两面
我所熟悉的是 A 面
敬老爱幼
乐于助人
勤奋工作
我不熟悉的是 B 面
都已写在
司法机关
调查卷宗里
可是所有这些问题
跟我没半毛钱关系
我和他们
若有见不得人的事
我还能在这写诗吗

后　记

　　《尘土之河》是我三十多年诗歌创作的一个小结。按年份划分，共三个部分，十年一个小辑。之所以取名《尘土之河》，是源于岳飞《满江红》"三十功名尘与土，八千里路云和月"之感慨。较之于英雄而言，卑微如我，内心又何尝没有这样的感慨。

　　三十多年，在人生长河里不算长，也不算短，弹指一挥间，岁月已是尘归尘，土归土。这期间，我的人生像是坐过山车，经历了大风大浪、大起大落、大悲大喜，遗憾的是，至今却仍然无法做到大彻大悟。不管怎样，还是要感谢命运，让我仍能以诗者的面目，怀揣激情和梦想，行进于这纷繁喧嚣的尘世。

掐指一算，这三十多年，写过的诗歌应该不下两三千首，但是能够选入这本集子的仅有八十首。并且这些篇什还是自己挺不要脸地觉得稍微满意的。我的粗陋与浅薄由此可见一斑。

好在我尚有一点自知之明，混迹于诗坛，基本上还能做到不求诗名，不图诗利，只为喜好，把坚持当成习惯。因此，附庸风雅也好，真情率性也罢，我既不会搁下手中的笔，也不会在意物外的曲直。因为诗歌一直是我观照灵魂的一扇窗口。

在此，我要特别感谢两位前辈：一位是著名学者、中央民族大学原副校长黄凤显先生，在他的力荐下，我的这本书最终入选广西民族出版社推出的"我们丛书·壮族作家作品系列"——这是广西壮族文学史上的第一套作家丛书。非常荣幸，《尘土之河》由此能够与另外十位壮族中青年作家翘楚的作品一起进入大家的视野。

我要特别感谢的另一位前辈是我的导师林莽先生。在鲁迅文学院学习期间，学院为我们每个人安排了一位导师。十分幸运，我成了德高望重的林莽先生的弟子，我们之间，从此便多了一份师生之谊。当我将《尘土之河》交给导师审阅，并请他为这本书写篇序言，导师欣然同意了，这实在是件令人振奋而欣慰的事。

最后，还要感谢广西民族出版社的石朝雄社长，以及本书的责任编辑张惠琼老师，为了此书的顺利出版，他们付出了辛勤的劳动。

荣斌

2019 年 11 月 15 日凌晨于南宁